Amor

Título original en croata: *Ljuvab*
Primera edición en croata, 2012

© Del texto y la ilustración: Andrea Petrlik
Traducción: Ana Gabriela Blažević, Esteban Miguel Blažević

Dirección editorial: Sandra Feldman
Colaboración: Erika Olvera, Alejandra Quiroz
Formación: Érika González

D.R. © 2015, Leetra Final S.A. de C.V.
Nuevo León 250-7, Col. Condesa
C.P. 06140 México, D.F.

www.leetra.com / contacto@leetra.com

ISBN 978-607-96900-3-8

Impreso en China / *Printed in China*

FSC
www.fsc.org
FSC® C122901

Amor

Andrea Petrlik

LecTra

Soy un niño.

Me gusta tener un hogar

y alguien que me quiera.

y al árbol verde
del parque.

Quiero jugar.

Quiero aprender
y saber.

No me gusta
el odio ni la injusticia.

No quiero guerras.

Me da miedo
estar solo y
abandonado.

Quiero ser feliz.
Porque yo soy un niño.

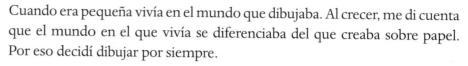

Cuando era pequeña vivía en el mundo que dibujaba. Al crecer, me di cuenta que el mundo en el que vivía se diferenciaba del que creaba sobre papel. Por eso decidí dibujar por siempre.

Terminé la Escuela de Artes Plásticas y luego la Academia de Bellas Artes en Zagreb, la ciudad donde nací. He ilustrado numerosos libros infantiles y este es el quinto libro ilustrado de mi autoría.

Por *Cielo azul (Plavo nebo)*, mi primer libro ilustrado, obtuve dos premios: la *Placa de oro* en la 19ª Bienal de Ilustración de Bratislava y el premio *Grigor Vitez*. Los dibujos originales de ese libro forman parte de la colección internacional del Museo de Arte Chihiro, en Japón.

Por el libro ilustrado *Ciconia Ciconia, cigüeña blanca (Ciconia Ciconia, bijela roda)* fui galardonada con el premio *Grand Prix* en la Bienal de Ilustración de Ōita, Japón en el 2004.

Mis libros ilustrados han sido traducidos y editados en Japón, Francia, Alemania, Italia, Eslovenia, China, Rusia, Corea del Sur y México. Estoy feliz de que niños de distintas partes del mundo crezcan junto a mis ilustraciones.

Quisiera vivir por siempre en el mundo de mis dibujos, un mundo sin violencia, intolerancia, guerra, hambre, tristeza, soledad… un mundo lleno de alegría y amor.